Chef Sottomessa e altre storie

Erika Sanders
Serie
Collezione di dominazione erotica

Sinossi

Questo libro è composto dalle seguenti storie:

Chef Sottomessa è un romanzo dal forte contenuto erotico BDSM e, a sua volta, un nuovo romanzo appartenente alla collezione Erotic Domination, una serie di romanzi dall'alto contenuto romantico ed erotico BDSM .

(Tutti i personaggi hanno 18 anni o più)

Nota della scrittrice:

Erika Sanders è una nota scrittrice internazionale, tradotta in più di venti lingue, che firma i suoi scritti più erotici, lontani dalla sua prosa abituale, con il suo nome da nubile.

Indice

CHEF SOTTOMESSA E ALTRE STORIE
ERIKA SANDERS

CHEF SOTTOMESSA

8

PRIMA PARTE
RECIPROCO CONSENSO

CAPITOLO 1

La lettera è stata una benedizione.

Riuscivo a malapena a trattenere le lacrime.

Cristina aveva appena terminato gli studi culinari e la sua nuova attività di ristorazione aveva avuto un inizio difficile.

Si trovava nel suo piccolo appartamento e rivedeva ogni parola della lettera scritta a mano.

Cara Cristina,

Spero che questa lettera ti arrivi. Perdonami, ma non uso la posta elettronica. E generalmente non mi piacciono le telefonate. Sono fuori moda.

Sono una conoscente di tua madre. Ci siamo incontrati brevemente alla festa di un amico comune diverse settimane fa. Tua madre ha menzionato casualmente più volte la tua attività di ristorazione. Ci ho pensato e sembra interessante. Non ho mai assunto un catering prima.

Se sei interessato ad un nuovo cliente contattami e forse potremo trovare un accordo. Sono una pessima cuoca. E ho sentito che sei molto bravo.

I migliori auguri e buona fortuna per i tuoi affari,
Paolo

Alla fine, pensò. La buona fortuna cominciava ad arrivare dalla sua parte.

CAPITOLO 2

Una settimana dopo.

Cristina stava attraversando il quartiere benestante con la sua vecchia macchina scassata.

Attirava chiaramente l'attenzione, ma non gli importava.

Ero felice di trovarmi in questo quartiere per un potenziale lavoro.

Parcheggiò all'ingresso dell'indirizzo che gli avevano indicato.

Non avevo idea di che aspetto avesse Paul.

La loro unica vera interazione è stata una breve telefonata per fissare l'incontro.

Cristina bussò alla porta.

Ha risposto un'anziana donna di colore.

La donna indossava un abito da cameriera.

La donna rimase stranamente silenziosa mentre si guardavano.

"Ciao," disse Cristina imbarazzata. "Sono qui per vedere Paul."

La vecchia nera annuì.

"Vieni qui."

Cristina entrò e la cameriera chiuse la porta.

La cameriera la condusse su per le scale di una casa piuttosto grande.

Cristina si guardò intorno con occhi pieni di invidia.

Tutto era vecchio, buio e rustico.

C'erano oggetti d'antiquariato ovunque.

Alle pareti erano esposti dipinti classici.

Giunsero in un corridoio e la cameriera aprì una porta dopo aver bussato per prima.

Entrò Cristina, poi se ne andò la cameriera.

Era un ufficio.

Paul era seduto dietro la scrivania e lavorava.

Era un bell'uomo di circa 40 anni.

Aveva un'espressione di pietra sul viso che era impossibile da leggere.

La sua faccia era perfetta per il poker.

Il suo volto rimase inespressivo.

"Per favore, siediti," disse.

Cristina era intimidita dalla sua presenza e dalla propria mancanza di esperienza lavorativa.

Non avevo mai concluso un affare prima.

Si sedette davanti alla scrivania.

"Devi essere nuovo in questo tipo di lavoro", ha detto.

"Perché dici così?"

"Ho sentito il tuo nervosismo quando sei entrato. Dovresti cercare di rilassarti. Non preoccuparti, sono qui per aiutarti con tutto ciò di cui hai bisogno."

Fece un sorriso imbarazzato.

"Lo terrò a mente."

"Va bene. Adesso parlami della tua attività di ristorazione."

"Beh, è ancora piuttosto nuovo", ha detto dopo averci pensato un po'. "Posso preparare i pasti per soddisfare le vostre preferenze specifiche. Se avete bisogno di catering per una festa, posso assumere altre persone. Ho molti amici della scuola di cucina."

"Non sarà necessario. Preferisco che lavori da solo. Così ci sono meno problemi."

Cristina annuì.

"Presumo che vivi da solo e vuoi che ti prepari i pasti?"

"Molto intelligente."

"Avevi in mente un accordo specifico?"

"Dipende", rispose Paul. "Sei occupato? Sei occupato?"

Gli rivolse un sorriso imbarazzato.

"Al contrario. Sei il mio primo vero cliente. Ho fatto piccole cose qua e là. Soprattutto per le amiche di mia madre che mi facevano un favore."

"Vuoi una consulenza aziendale gratuita? Non rivelare mai un punto debole. Non suona bene."

"Oh, certo. Mi ricorderò."

"Quanto all'accordo," rispose Paul. "Potresti prepararmi i pasti? Pranzo e cena."

"Certo. Non sarà un problema."

"Eccellente. Vorrei che i pasti venissero consegnati a casa mia alle 11.30 in punto del mattino. Dal lunedì al venerdì."

"Naturalmente," concordò lei.

"Questo accordo durerà almeno per i prossimi mesi. Ognuno di noi ha la possibilità di recedere dall'accordo in qualsiasi momento. Capito?"

"Si, capisco."

"Eccellente."

"Hai qualche preferenza alimentare?" chiese Cristina. "Le mie specialità includono stili francesi, italiani e diversi asiatici..."

Lui scosse la testa.

"Non importa. Portala qui in tempo."

"BENE."

"Ora parliamo dei numeri. Che ne pensi di 100 dollari al giorno? È giusto?"

Gli occhi di Cristina si spalancarono.

Il lavoro e l'importo offerto sono stati molto più di quanto mi aspettassi.

Si rese conto che doveva sembrare sciocca con un'espressione da cucciolo sul viso, così riacquistò la compostezza.

"Sembra ragionevole," rispose con calma. "Si va bene."

"Allora è tutto sistemato. Puoi cominciare domani?"

"Nessun problema. Ma sei sicuro di non voler provare prima la mia cucina?"

"Francamente, non mi interessa il sapore del cibo. Hai frequentato una scuola di cucina. Per me va bene. Non voglio preoccuparmi del cibo mentre lavoro."

Cristina annuì.

"Va bene. Capisco. Posso chiederti cosa fai? La tua casa è bellissima. Adoro l'atmosfera rustica."

"Ho fatto diverse cose nella mia vita. Oggi sono un mercante d'arte. Mi occupo anche di oggetti d'antiquariato rari. Al momento mi sto concentrando sulla scrittura."

"Cosa scrivi?" lei chiese.

"Un libro di memorie. Non pretendo di essere qualcuno di famoso o importante. Ma ho alcune storie da condividere. Sarebbe un peccato se nessuno le ascoltasse. Sto anche lavorando su alcuni libri di narrativa."

"Oh, sembra interessante. Forse un giorno potrò leggerli. Adoro leggere biografie e memorie."

Paul fece un lieve sorriso.

"Non credo che ti interesserebbe."

"Perché no?"

"È un'ipotesi. Ma chi lo sa? A volte mi sbaglio su queste cose."

"Va bene," Cristina annuì imbarazzata.

Paul si alzò e si avvicinò a Cristina.

Anche lei capì e si alzò.

Paul era quasi trenta centimetri più alto di lei.

Il suo fisico torreggiava sul corpo magro e minuscolo di Cristina.

Tese la mano e si strinsero la mano.

"Abbiamo ufficialmente un accordo", ha detto. "Mi aspetto il primo pasto domani mattina alle 11.30. Non fare tardi. Non tollero la disobbedienza."

Deglutì.

"Si signore."

CAPITOLO 3

Cristina era ancora colpita dall'incontro con Paolo.

Si sdraiò sul letto e guardò il soffitto.

L'offerta sembrava troppo bella per essere vera.

Era quasi incredibile.

Ma avevo paura che fosse stato uno scherzo crudele, pensai.

Prese il telefono e chiamò sua madre.

Sua madre rispondeva sempre alle sue chiamate dopo pochi squilli.

Quando ha risposto al telefono, Cristina non ha perso tempo e gli ha spiegato tutto.

Nessun dettaglio è stato risparmiato.

Cristina ha raccontato a sua madre tutto dell'offerta e tutte le sensazioni che ha provato quando ha incontrato Paul.

"È meraviglioso", rispose sua madre.

"Lo so. È un po' pazzesco, vero? Ma non ci crederò finché i tuoi soldi non saranno nelle mie mani. Fino ad allora, immagino il peggio."

"Concentrati sui pensieri positivi, Cristina. I tuoi affari stanno finalmente decollando."

"Lo spero. Voglio dire, 100 dollari al giorno per due pasti? Anche se mi licenziasse la prossima settimana, sarò comunque felice di aver guadagnato così tanti soldi."

"Non mi preoccuperei di questo."

"Cosa intendi?" chiese Cristina.

"A quanto pare, Paul ha buone riserve finanziarie."

"Ho capito. La sua casa era come un museo."

"Ecco fatto. Non devi preoccuparti che le sue finanze si prosciughino. Rendilo felice con ottimi pasti, un ottimo servizio e non arrivare in ritardo."

"Cosa sai di quel ragazzo?" chiese Cristina in tono più serio. "Sembra un po' strano, vero?"

Sua madre ci pensò un attimo.

"In qualche modo. L'ho incontrato solo una volta a una festa. È un ragazzo molto intelligente. Niente sciocchezze. Semplice."

"È sicuramente lui", ha scherzato Cristina.

"Non sottovalutarlo, però. A quanto pare è un tesoro con le donne."

"Veramente?"

"Questo è quello che ho sentito. Assicurati di stare lontano dal suo fascino irresistibile", ha scherzato.

"Molto divertente", ha risposto Cristina. "Sicuramente non è il mio tipo, però. Troppo vecchio. E troppo noioso."

"Sono felice che la tua attività sia iniziata alla grande."

"Vedremo."

"Concentrati sui pensieri positivi, Cristina."

CAPITOLO 4

Passarono le settimane.

Cristina aveva già preparato decine di pasti per Paul.

E in quel periodo aveva guadagnato migliaia di dollari.

La routine quotidiana era sempre la stessa.

Alzarsi presto la mattina.

Cucinare.

Riponete tutto con cura nei contenitori.

Portatelo a casa di Paul prima delle 11:30 del mattino.

Non arrivare mai in ritardo.

E non disobbedire mai.

Un giorno a Cristina fu chiesto di preparare il pranzo, che aveva portato, su un piatto in cucina.

Quindi lo ha fatto.

Era la prima volta che svolgevo dei compiti nella cucina di Paul.

Era orgogliosa del suo cibo.

Sapeva che aveva un buon sapore, anche se Paul non gli aveva mai fatto i complimenti.

Scese le scale in abiti casual.

Come sempre, il suo viso era quasi inespressivo.

Guardò il cibo presentato sul tavolo da pranzo e non si prese la briga di commentarlo.

"Devo andare adesso?" chiese Cristina imbarazzata.

"Aspetta un attimo. C'è una cosa che voglio chiederti."

"BENE."

Paul sedeva al tavolo della sala da pranzo mentre Cristina restava in piedi.

"Quali altri servizi offri?" chiesto. "Oltre a cucinare."

Cristina fu sorpresa e mantenne la sua posizione.

Si preparò per ulteriori progressi.

Ero preparato alle molestie sessuali.

"Fornisco un servizio catering onesto. Cucino piatti gourmet. Tutto qui. Se cercate altri servizi vi consiglio di cercare altrove."

"E perché?" chiese severamente.

"Onestamente non sei il mio tipo."

"Neanche tu sei il mio tipo."

Si sentiva ancora più offesa.

"Senti, penso che il nostro accordo funzioni bene. Manteniamolo così. Qualsiasi altra cosa non funzionerà."

"Pensi che io chieda favori sessuali?" chiesto.

Cristina si immobilizzò.

"Non è così?"

"Non ci credo."

La sua faccia divenne rossa come una barbabietola.

"Oh, mi dispiace, signore."

"Lascia perdere", rispose. "Te lo chiedo perché la mia cameriera andrà presto in pensione. Se hai più tempo, forse potresti aiutarmi con i miei compiti di pulizia."

"Cosa dovrei fare?"

"Niente di difficile. Pulisci i piatti. Tieni tutto pulito."

"Dovrò pensarci."

"Sarai ben ricompensato, ovviamente", rispose. "E non preoccuparti, non ti chiederò di fare sesso. Non sei il mio tipo."

Lei arrossì di nuovo.

"Mi dispiace per prima. Ma ci penserò. Perché no?"

"Si prega di considerare l'offerta. Il mio lavoro procede senza intoppi e apprezzerei un aiuto con la manutenzione della casa."

"Non esci molto, vero?"

"Ho già viaggiato per il mondo e visto tutto", ha risposto. "In questa parte della mia vita mi concentro sulla scrittura. A volte esco. Mi piace ancora fare esercizio. Ma non voglio preoccuparmi delle faccende domestiche. Sembri una giovane donna capace, quindi ti offro lavoro extra."

Cristina annuì.

"È molto generoso da parte tua."

"Con i soldi extra potresti comprarti un nuovo guardaroba e una nuova macchina."

Si sentì un po' turbata da quel commento.

"Capisco. Ho bisogno di soldi. Non devi sbattermelo in faccia."

"Non stavo cercando di farlo."

"Okay. Lo farò. Farò qualche lavoro extra di pulizia per te."

"Eccellente", rispose con un raro sorriso. "Discuteremo il terreno più tardi."

Si avvicinò a Paul e gli tese la mano per una stretta di mano.

Paul si alzò come un gentiluomo e le strinse la mano.

L'accordo è stato concluso.

SECONDA PARTE
LA PORTA CHIUSA

CAPITOLO 5

Cristina è riuscita a trovare altri clienti per alcuni piccoli lavori.

Ma la maggior parte del suo lavoro è stato svolto per Paul.

Preparava i suoi pasti tutti i giorni della settimana.

Nel corso del tempo, ha iniziato a fare più lavori per lui.

Faceva piccoli lavori di pulizia per qualche soldo in più.

Cristina era sempre stata una persona disorganizzata quando si trattava di lavori domestici, quindi trovava ironico il fatto che stesse facendo i lavori domestici per qualcun altro.

Ma i soldi erano buoni, quindi non gli importava.

I piatti dovevano essere puliti e sistemati in un certo modo.

Le finestre dovevano essere immacolate.

I mobili dovevano essere privi di polvere.

Paul ha pulito lui stesso i pavimenti.

Paolo era una persona molto particolare.

E quelle caratteristiche a volte facevano impazzire Cristina.

Ma i soldi erano buoni.

In un certo senso, Cristina era orgogliosa di aiutare Paul.

In qualche strano modo, mi sentivo come se stessi aiutando Paul a raggiungere il suo obiettivo di poter scrivere i suoi libri.

Si preoccupava per lui come persona.

CAPITOLO 6

Il tavolo della sala da pranzo era in ordine.

Il pranzo era pronto.

Cristina guardò il piatto e ammirò il suo bellissimo lavoro.

Ne era valsa la pena la scuola di cucina.

Non vedeva l'ora che Paul lo provasse, anche se Paul non faceva mai complimenti.

Paul era insolitamente in ritardo per la cena.

Non era mai in ritardo.

La porta del piano di sopra era leggermente aperta e Cristina ascoltava la tastiera usata furiosamente.

Sapeva che era ancora occupato.

Si avviò verso le scale e pensò se dovesse chiamarlo oppure no.

Non voleva interrompere il suo lavoro.

Ma sapeva che Paul era un uomo che aveva bisogno di ordine.

Forse hai perso la cognizione del tempo?

Poi la vide.

Vicino alla scala la porta era aperta, leggermente socchiusa.

Era una stanza che Paul aveva detto essere off-limits.

Paul voleva che pulissi tutte le stanze tranne quella.

La curiosità di Cristina raggiunse l'apice.

Potevo ancora sentire Paul scrivere al piano di sopra.

Voleva dare un'occhiata alla stanza segreta.

Volevo conoscere i piccoli segreti di Paul , non importa quanto piccoli.

Era interessata a lui.

Era interessata all'uomo che serviva da settimane.

Fece qualche passo calmo verso la porta.

Fece capolino dentro la testa.

La stanza era buia.

Accese l'interruttore della luce e la stanza fu ben illuminata.

Con sorpresa di Cristina, la camera da letto era il luogo meno elegante della casa.

Ma tutto sembrava antico.

Entrò e si guardò intorno.

C'erano una varietà di dispositivi in legno e metallo.

I disegni sembravano risalire al medioevo.

I dispositivi sembravano abbastanza grandi da consentire a una persona di sedersi o sdraiarsi.

Al muro erano appese diverse fruste e catene.

C'erano molte corde su un tavolo vicino.

Cristina ha usato il dito per toccare un dispositivo metallico.

Gli porse il dito e lo guardò.

La punta del dito era ricoperta da un sottile strato di polvere.

La stanza non veniva utilizzata da molto tempo.

"Non dovresti essere qui," disse Paul da dietro.

Cristina venne colta di sorpresa dal suono della sua voce e saltò.

Si voltò e vide Paul in piedi vicino alla porta.

"Oh mi dispiace."

"Non ho detto che questa stanza è fuori dai tuoi compiti?" chiese, entrando con nonchalance.

"Lo so. Ma era aperto ed ero curioso. Ho pensato che forse volevi che lo pulissi."

"No. Avevo intenzione di pulirlo io stesso più tardi."

Cristina deglutì.

"Il tuo cibo è pronto. Comincia a fare freddo."

"Può aspettare", rispose, entrando nella stanza per guardare i dispositivi. "Bisogna chiedersi di cosa si tratta."

"Sembra una camera di tortura medievale."

"Hai quasi ragione. Alcune di queste cose furono costruite secoli fa, durante il Medioevo. Ma non necessariamente per la tortura."

"Allora per cosa?"

"Piacere. Piacere sessuale", rispose senza mezzi termini.

Cristina rimase sorpresa.

"Non riesco a immaginare come. Queste cose sembrano così dolorose."

"Questo è il punto."

"Quindi sono strumenti di bondage, in pratica?"

Annuì.

"Questi feticci esistono da secoli. Riesci a credere che questi dispositivi siano stati costruiti per le famiglie reali e la nobiltà?"

"Non ne sarei sorpreso. La maggior parte dei ricchi sono un po' depravati."

Alzò un sopracciglio.

"Questo include me?"

"Oh, no, non intendevo te," indietreggiò velocemente.

"Stavo solo scherzando."

Cristina si rilassò.

"Certo. Allora perché tutte queste cose sono chiuse in questa stanza? Perché non le vendi a un museo o qualcosa del genere?"

"Forse un giorno. Ma per ora ne scrivo nel mio libro. Avevo anche intenzione di fotografarli. Ecco perché la stanza era aperta."

"Il tuo libro deve essere interessante."

"Lo spero", rispose. "Ho scritto di sesso. Il tipo di dominazione sessuale e schiavitù."

Cristina alzò le sopracciglia.

"Davvero? Non sembri il tipo d'uomo per questo genere di cose."

"Allora che tipo di ragazzo assomiglio?"

"Non lo so. Morbido. Fragola. Senza offesa."

"Senza offesa", rispose. "Anni fa ero una persona molto diversa. Non sono sempre stata così solitaria."

"Cosa è cambiato?"

Paul strofinò le dita contro un dispositivo metallico.

"È una storia lunga. Potrai leggere il mio libro quando avrò finito di scriverlo."

"Bene, non vedo l'ora. Sembra che tu abbia delle storie interessanti da raccontare."

"Sai cos'è un Maestro?" chiesto.

"Solo le nozioni di base", ha alzato le spalle. "Un ragazzo che comanda le donne. Fruste. Catene. Sculacciate. Quel genere di cose, giusto?"

"Più o meno. Sono stato un Maestro per molte donne sottomesse. Belle donne con desideri oscuri."

"Li hai colpiti?" chiese incuriosita.

"A volte."

"Cosa c'è che non va in questi dispositivi?" lei chiese. "Li hai mai usati sui tuoi schiavi?"

"Ogni tanto. Ma i metodi non sono importanti. Non si tratta di sculacciate o di strumenti. Si tratta di arrendersi. Mi danno i loro corpi. E io faccio quello che voglio con loro. Alla fine, il piacere è reciproco."

Cristina rimase un attimo in silenzio.

Guardò Paul dritto negli occhi e sapeva che ogni parola che diceva era vera.

Sapeva che era qualcosa con cui Paul aveva esperienza.

Sapeva che era qualcosa che Paul desiderava fare di nuovo.

"Il tuo cibo si sta raffreddando", ha detto.

"È tutto ciò che ti interessa?"

Lei si immobilizzò per un momento.

"Beh, il catering è ciò per cui mi hai assunto, giusto?"

"Sei una ragazza intelligente," disse con un lieve sorriso. "Comincio a piacermi."

Paul si avvicinò e diede a Cristina una pacca amichevole sulla spalla.

Poi si voltò e lasciò la stanza mentre Cristina rimase confusa dall'incontro imbarazzante.

Lo seguì nella sala da pranzo e lo guardò mangiare.

CAPITOLO 7

Più tardi quella stessa notte.

Era la telefonata che Cristina aveva temuto arrivasse negli ultimi mesi.

"COME?!" chiese Cristina.

"È finalmente giunto il momento", rispose sua madre. "Tuo padre ed io non ti sosterremo più finanziariamente. Riteniamo che tu sia abbastanza grande per prenderti cura di te stesso."

"Ti rendi conto che vivere in città è costoso, vero?"

"Tesoro, nessuno ti obbliga a vivere in città. Puoi sempre avvicinarti a casa e trovare qualcosa di più economico in cui vivere."

"No, grazie," sospirò Cristina.

"Non so perché ti comporti in modo così sorpreso. Ti avevo messo in guardia negli ultimi mesi. Quando avevo la tua età, io..."

"I tempi sono cambiati mamma. Hai visto il telegiornale? Questa situazione economica è difficile. Il costo della vita è pazzesco"

"Ma i tuoi affari stanno decollando", rispose sua madre.

"Appena."

"Devi essere un po' più esperto di affari se vuoi avere successo. Ci sono così tanti potenziali clienti in città. Tutto quello che devi fare è trovarli. Sei un'ottima cuoca e una brava persona. Ho fiducia in tu, Cristina."

"Sì, hai ragione. Pensavo di contattare diverse aziende per vedere se hanno bisogno di catering per feste."

"Questo è lo spirito imprenditoriale", ha risposto con orgoglio sua madre.

"Se solo la vita fosse così facile."

"Le cose belle arrivano quando sei persistente. A proposito, lavori ancora con Paul? Come va?"

"Va bene," disse vagamente Cristina.

"Bene? Tutto qui? Qualche dettaglio interessante?"

"Non proprio. Cucino per lui cinque giorni alla settimana. Mi paga un sacco di soldi per il servizio che gli fornisco. È un tipo un po' strano."

"Guarda chi parla", scherzò sua madre.

"Divertente."

"Sto solo scherzando. Hai ragione. Paul sembra un po' distante. È un ragazzo intelligente, però."

"È sicuramente una persona interessante", ha risposto Cristina. "E mi tiene occupato. Quindi non posso lamentarmi."

"Nemmeno tu dovresti. Se vuoi che la tua attività cresca, dovresti sempre lasciare i tuoi clienti soddisfatti. Per me ha sempre funzionato."

Cristina si fermò un attimo.

"Sai, mi hai appena dato un'idea."

"Non sono sicuro che mi piaccia il suono."

"Grazie mamma. Sei la migliore."

"Bene, abbi cura di te, Cristina. Ti sostengo sempre. Ti amo."

"Ti amo anch'io, mamma."

Al termine della chiamata, Cristina aveva un fermo senso di risolutezza.

Era determinata ad avere successo senza l'aiuto dei suoi genitori.

CAPITOLO 8

Il giorno successivo.

Cristina aspettò con attenzione mentre Paul mangiava il suo pranzo.

Puliva la cucina e si occupava di alcuni lavori domestici per lui.

Quando Paul finì di mangiare, lei tornò in sala da pranzo e gli prese il piatto.

Prima che Paul avesse la possibilità di andarsene, lei si fermò davanti al tavolo della sala da pranzo con una postura rispettosa.

"Ci ho pensato," disse Cristina con le mani giunte. "Questo accordo ha funzionato davvero bene. Mi sono preso cura della maggior parte dei tuoi pasti e delle faccende domestiche , così puoi concentrarti sul tuo lavoro."

Paul si appoggiò allo schienale, sapendo che stava arrivando una proposta.

"Sono d'accordo. Ha funzionato bene. Meglio di quanto mi aspettassi."

"Allora, come ti sentiresti se volessi espandere i miei compiti qui? Per soldi extra, ovviamente."

"Stai già facendo più di quello di cui ho bisogno. E ti sto già pagando uno stipendio estremamente generoso."

"Lo apprezzo," disse educatamente Cristina. "Ma trarrai maggiori benefici se facessi più cose per te. Il tocco di una donna è sempre utile a un uomo single."

Paul ci pensò un attimo.

"È un punto interessante. Continua."

"Sono sicuro che ci sono molte altre cose che potrei fare per te."

"Tipo cosa?"

Cristina rimase un attimo pensierosa.

"Beh, dipende da te. Forse potrei pulire quei dispositivi nella stanza chiusa a chiave. Quella stanza era polverosa. Potrei fare qualche lavoro di pulizia extra. E forse potrei organizzare una festa per te."

"Perché all'improvviso sei così interessato ad avere più soldi?" chiese Paolo.

"Penso che potresti trarre vantaggio dal tocco di una donna. Pensa a tutte le feste che potresti organizzare. La gente adorerebbe il cibo. La tua vita sociale sarebbe fantastica."

"Dimmi la verità. Perché hai bisogno di soldi extra?"

Cristina fece una pausa per un secondo.

"I miei genitori non mi daranno più soldi. E l'affitto in questa città è eccessivo. Se c'è qualcos'altro che hai bisogno che io faccia da queste parti, sarei felice di farlo."

Paul annuì comprensivo.

"Mi piaci come persona, Cristina. Lavori duro e ti diverti. Ma non ti darò soldi gratis, soprattutto quando ti sto già pagando profumatamente."

"Capisco," rispose Cristina, cercando di contenere la tristezza. "Grazie comunque per avermi ascoltato. Torno domani."

"Non sono ancora arrivato al punto finale", ha aggiunto. "Cercherò di pensare a qualcosa. Qualcosa adatto alle tue capacità e ai tuoi attributi. Quando troverò qualcosa, te lo farò sapere e sarai ricompensato per questo. Ti sembra giusto?"

Lei sorrise.

"Sembra fantastico".

CAPITOLO 9

I giorni passavano.

Paul non ha mai fatto un'offerta.

Cristina non glielo aveva mai chiesto perché non voleva darle fastidio.

Preparò il pranzo di Paul come faceva normalmente.

Paul scese in sala da pranzo prima del solito.

Si sedette e attese mentre Cristina stava ancora preparando tutto.

"Sembra buono," disse quando Cristina portò il piatto con il cibo.

Sembrava davvero un momento strano per lui congratularsi con lei.

"Grazie. È agnello arrosto con contorno di verdure al forno."

Paul si sedette accanto a lui.

"Siediti. C'è qualcosa di cui voglio discutere con te."

Cristina si sedette e attese quello che aveva da dire.

"Ho pensato alla tua richiesta di più lavoro", ha detto. "Soprattutto riguardo alla necessità di un tocco femminile da queste parti. Comunque andrò dritto al punto, potrei usare alcuni dei tuoi come ispirazione per la mia scrittura."

"Ispirazione? Come mai?"

"Forse potresti posare per me. Ultimamente ho lottato con il blocco dello scrittore e qualcosa da guardare potrebbe aiutarmi."

Cristina assunse un'espressione preoccupata.

"Sei sicuro di non volere che organizzi una festa per te o qualcosa del genere? Probabilmente funzionerà meglio."

"Non mi interessa organizzare una festa," rispose, appoggiandosi allo schienale della sedia. "Mi dispiace, ho solo chiesto. Era inappropriato."

Pensò per un momento.

"Quanti soldi offriresti?"

"Tutto dipende."

"Di?"

"Del lavoro che farai", disse. "Non ho mai assunto una modella prima. Ma so che mi aiuterebbe con la scrittura."

"Oh, beh, lo terrò a mente."

"Non farlo. È stato un errore chiedertelo. Se non ti dispiace, vorrei mangiare adesso. Ho altre cose da fare più tardi."

"Lo farò!" sbottò Cristina.

"Quello?"

"Il lavoro da modella che mi hai offerto. Nessuno lo saprà, vero? Resta strettamente tra noi, vero?"

"Esatto," concordò. "Non ci sarà alcuna traccia di ciò. Ho solo bisogno di ispirazione."

"Sono interessato."

Paul fece un leggero sospiro.

"Non credo che tu capisca. Sono stato frettoloso nella mia offerta. Non credo che i miei gusti siano per te."

"Perché no?"

"Perché sembravi così a disagio nella stanza di dominazione."

Cristina rimase un po' sorpresa.

All'improvviso si rese conto che Paul stava cercando ispirazione per le sue storie di dominazione.

Ma nonostante ciò, pensava ai soldi.

"Posso imparare a sentirmi a mio agio con questo", ha risposto. "Dammi solo tempo. Finché nessuno lo sa, starò bene."

Paul gli lanciò uno sguardo lungo e scettico.

"Come vuoi. Presentati qui domani mattina alle otto e mezza. D'ora in poi sistemeremo la situazione."

"Grazie."

Cristina si alzò e tese la mano per una stretta di mano.

Paul allungò la mano e le strinse la mano.

CAPITOLO 10

Più tardi quella stessa notte.

Cristina era in cucina a preparare i pasti per il giorno dopo.

Sapeva che non avrebbe avuto il tempo di farlo il giorno successivo poiché Paul si aspettava che fosse lì alle otto e mezza del mattino.

Dopo che tutto fu preparato, Cristina si guardò allo specchio.

Si chiese se fosse abbastanza carina da fare la modella per Paul.

Si chiese quali sorprese ci fossero nella stanza.

Se sarebbe dolce o no.

E si chiedeva di quanti soldi stessimo parlando.

Paul era sempre stato generoso con i pagamenti finanziari.

Soprattutto, si chiedeva quanta dominazione Paul volesse vedere.

La parte razionale di Cristina controllava la situazione: i soldi fanno bene.

E nessuno lo saprà mai.

Il mio piccolo segreto con Paul.

Si spogliò e provò dei bei vestiti davanti allo specchio della camera da letto.

Alla fine ha deciso per un semplice vestito giallo.

Non era troppo rivelatore.

E non era nemmeno un bigotto.

Era il giusto mezzo.

Si spazzolò i capelli e pensò a quanto trucco usare.

Quindi ha deciso di non farlo.

Renderebbe la situazione troppo imbarazzante.

Tutto era pronto.

Era pronta per il lavoro.

CAPITOLO 11

La mattina del giorno successivo.

Cristina si presentò a casa di Paul alle otto e un quarto.

Voleva assicurarsi di essere preparata in anticipo.

Indossava il suo vestito giallo.

I suoi capelli erano ben pettinati e il suo viso era pulito dal trucco.

Era già naturalmente carina.

Dopo che Cristina ha sistemato i contenitori del cibo nel frigorifero della cucina, si sono seduti insieme nella stanza privata, sugli elettrodomestici di legno.

"Cos'hai in mente?" chiese Cristina.

"Dipende. Quali sono i tuoi limiti?"

Cristina alzò le spalle.

"Non lo so. Non ho mai fatto questo genere di cose prima."

"Allora immagino che sia meglio scoprirlo."

Gli occhi di Cristina scrutarono di nuovo brevemente la stanza.

Era la stanza più noiosa della casa.

Le pareti erano lisce.

Ma c'erano antichi dispositivi di varie dimensioni e forme.

Sembravano tutti così intimidatori.

"Manterrò la mente aperta", ha detto. "Ma non mi piace il dolore. E non voglio che tu mi spinga troppo in fretta. Non c'è bisogno di avere fretta. Okay?"

Annuì.

"Grazie per essere stato chiaro. Dovresti sapere che sono un uomo molto paziente. L'ho fatto per molti anni con innumerevoli donne sottomesse. Non spingo mai più forte a meno che lei non sia pronta."

Quelle parole mandarono una strana sensazione lungo la schiena di Cristina.

Non riuscivo a smettere di pensare alla frase "donne sottomesse".

In un attimo si rese conto che avrebbe potuto benissimo trovarsi nella stessa posizione di quelle "donne sottomesse".

"Va bene," annuì. "Grazie. Allora come dovremmo iniziare?"

Paul si alzò e camminò lentamente per la stanza, osservando ciascuno dei dispositivi mentre Cristina sedeva in una posizione riservata.

Osservava ogni dispositivo in un modo che innervosiva Cristina.

"Sei mai stato legato prima?" chiese Paolo.

Cristina scosse la testa.

"Ovviamente no."

"Vorresti essere?"

"Non lo so."

Indicò il tavolo di legno.

"Perché non provarci?"

"Non lo so," alzò le spalle nervosamente.

"È troppo per te? Ho bisogno di vedere qualcosa per trovare ispirazione. Guardarti seduto lì non mi aiuterà molto."

Cristina si alzò lentamente e fece un respiro profondo.

"Farò quello che vuoi."

"Sei sicura? Cristina, non voglio che tu faccia qualcosa con cui non ti senti a tuo agio. Posso trovare altri modi per pagarti."

Fece un altro respiro profondo.

"No, ne sono sicuro. Abbiamo raggiunto un accordo per fare la modella e intendo andare avanti."

"Sei sicuro?"

"Sì, assolutamente."

"Allora sdraiati," disse Paul, indicando il tavolo di legno.

Il tavolo sembrava dolorosamente scomodo.

Sembrava vecchio e rustico.

Ma era abbastanza basso perché una persona potesse facilmente sdraiarsi sopra.

C'erano vecchie sbarre di metallo su ciascun lato del tavolo, dando a Cristina una sensazione di disagio.

Mettendo da parte i suoi sentimenti, si appoggiò allo schienale del tavolo.

È stato doloroso e scomodo come si aspettava.

Era convinta che il tavolo fosse stato progettato per la tortura, non per il piacere.

Si chiese come si potesse provare piacere in una cosa del genere.

Si sdraiò al centro del tavolo e guardò direttamente il soffitto.

"Ti legherò i polsi," disse, stando sopra la sua testa.

Rimase in silenzio per un momento mentre guardava la figura di Paul in piedi sopra di lei.

"Va bene," rispose lei, alzando i polsi. "Inoltrare."

Paul le prese delicatamente i polsi e li avvicinò alla barra di metallo sul tavolo.

Il bar era freddo come si aspettava.

La consistenza della sua pelle non era molto liscia, segno che la barra era stata realizzata molto tempo fa, prima dei macchinari moderni.

Sentì che i suoi polsi erano legati alla sbarra con una corda spessa.

Cristina non si prese la briga di guardare.

Teneva gli occhi fissi al soffitto.

"Fa male?" chiesto.

"Non sto bene."

Si udirono i suoi passi in tutta la stanza.

Cristina non si prese la briga di guardare Paul.

Ma si chiedeva cosa stesse pensando Paul.

Vederla con un bel vestito, con i polsi legati, doveva essere emozionante per Paul, pensò.

"Dimmelo ancora", disse. "Qual è il tuo limite?"

Deglutì.

"Semplicemente non farmi del male."

"Posso aprire il tuo vestito?" chiese a bassa voce.

"No, non quello."

"Allora suppongo che tu abbia altri limiti," rispose con un leggero senso di divertimento.

"Suppongo."

"Posso toccarti?" chiesto. "Va benissimo se rifiuti. Ma visto che siamo arrivati fin qui, sei sicuramente attraente."

"Se vuoi," rispose timidamente.

"Non si tratta di ciò che voglio. Si tratta di ciò con cui ti senti a tuo agio."

Lottò con i suoi pensieri per un momento.

"Mi sento a mio agio con quello. Va bene. Vai avanti, se vuoi. Voglio dire, mi sento a mio agio con quello."

"Sei sicura, Cristina? Non voglio metterti pressione se non ti senti a tuo agio."

"Finché tu, sai..."

"Purché ti compenso finanziariamente?" chiese, mezzo divertito.

Il suo tono e le sue frasi fecero sentire Cristina ancora più a disagio.

"Sì," rispose lei.

"Non devi preoccuparti di questo".

Cristina si aspettava in risposta qualche battuta più sarcastica, ma Paul aveva finito di parlare.

Camminò verso di lei mentre lei continuava a sdraiarsi sul tavolo.

Cristina lo vide guardare il suo corpo.

Era chiaramente nervosa.

Lei non sapeva cosa stesse progettando.

I suoi occhi banchettavano e vagavano sul suo corpo.

Alla fine è stato deciso.

E ha fatto la sua mossa.

Paul si abbassò e toccò il ginocchio di Cristina.

Fu un tocco improvviso che la colse di sorpresa.

Lei rabbrividì.

"Stai bene, Cristina?"

"Sto bene. Semplicemente non me lo aspettavo."

Fece scivolare la mano più in basso lungo la sua coscia.

La sua mano scivolò più in profondità fino a trovarsi sotto la gonna gialla.

La cosa metteva Cristina a disagio, ma le faceva anche sentire un formicolio tra le gambe.

I suoi occhi rimasero concentrati sul soffitto.

"Ti dispiace se continuiamo?" chiesto. "Siamo già arrivati fin qui."

"Vai avanti. Non mi interessa."

"Sei sicuro?"

"Sono sicuro che."

Paul sollevò la gonna di Cristina e la spinse su.

Le sue mutandine erano esposte.

Paul fece scivolare la mano sotto le mutandine di Cristina.

Naturalmente tremò di nuovo, ma si trattenne.

La mano di Paul gli strofinò l'inguine.

Il corpo e i piedi di Cristina si tesero.

"Devi rilassarti," disse Paul. "Altrimenti questo non servirà a molto."

"BENE."

Cristina ha fatto tutto il possibile per rilassare il suo corpo.

I suoi occhi rimasero fissi al soffitto.

Si sentiva troppo imbarazzata per guardare Paul.

Gli permise semplicemente di accarezzarle l'inguine.

Lei sussultò mentre Paul giocava con il suo clitoride.

È stata una mossa che non mi aspettavo.

Il suo istinto naturale era quello di allungare la mano e allontanare la mano di Paul, poi coprirsi e poi schiaffeggiarlo in faccia, ma le corde attorno ai suoi polsi erano strette.

Diede uno strattone gentile, ma senza alcun risultato.

"Stai cercando di uscire?" chiese Paolo. "Se vuoi uscire, dimmelo e ti slego subito."

"Mi dispiace. È stata una reazione istintiva."

"Beh, non reagire così. Non è la reazione che voglio."

"Va bene, mi dispiace."

Le dita di Paul si muovevano in un furioso movimento circolare sul suo clitoride gonfio.

Cristina non ebbe altra scelta che restare senza fiato.

Era troppo scioccata per contenere i suoi sentimenti.

Le dita non si fermarono.

È stato un bel piacere.

Chiuse gli occhi e si godette il piacere di Paul.

Era una sensazione di formicolio che scorreva attraverso il suo corpo.

"Posso dire che sei vicino", ha detto. "Rilassati. È quasi finita."

Con gli occhi ancora chiusi, Cristina si permise di godersi le dita di Paul mentre deliziavano il suo delicato clitoride.

Passarono alcuni istanti prima che le dita di Cristina si irrigidissero.

Brevi rumori ansimanti gli uscirono dalle labbra.

I suoi occhi si chiusero.

I suoi muscoli si contrassero.

Era un orgasmo ben meritato nonostante tutte le tensioni della sua vita.

Alla fine, il suo corpo si rilassò e Paul tolse la mano dalle sue mutandine.

Riportò il vestito nella posizione corretta.

Diede una pacca sulla coscia a Cristina, come se avesse fatto qualcosa di giusto.

"Ti è sicuramente piaciuto," disse Paul mentre cominciava a scioglierle i polsi.

Cristina si sentiva liberata.

Si alzò dritta e si strofinò i polsi, che erano leggermente rossi e doloranti a causa della corda.

La sensazione orgasmica ha aiutato a contrastare il dolore.

"Mi è piaciuto", ha risposto. "È stato bello. Davvero bello. Dio, non mi sentivo così da molto tempo. Voglio dire, non così bene come lo hai fatto tu."

"Sono felice che ti sia piaciuto. Mi ha riportato alla mente molti ricordi, che mi aiuteranno con la scrittura. Sei stata una meravigliosa piccola ispirazione per me."

"Sono sempre felice di essere al vostro servizio."

"Eccellente", concordò. "Aggiungerò sicuramente un bonus al tuo assegno alla fine del mese. Penso che tu abbia guadagnato cinquemila dollari in più per questo."

Sorprendentemente, Cristina provò un sentimento di vergogna.

Sapeva che Paul aveva buone intenzioni.

Apprezzò i cinquemila extra, che erano molto più di quanto si aspettasse.

Ma un senso di colpa l'ha invasa, come se avesse appena venduto il suo corpo e la sua sessualità per soldi facili.

Ciò la faceva sentire impura e sporca.

"Non sono una puttana," sbottò, poi se ne pentì immediatamente.

"Non ho mai detto che lo fossi."

"Mi dispiace," rispose. "Apprezzo davvero tutto. Ma non ho mai usato il mio corpo in quel modo, sai, per fare soldi."

Paul scosse la testa, deluso da se stesso.

"Non scusarti. È colpa mia. Ti ho messo fretta. Non avrei dovuto chiederti di fare il modello per me."

Cristina si alzò e si aggiustò il vestito.

"Mi è piaciuto", ha detto. "L'ho fatto davvero. Ma è stato un po' strano per me. Forse potremmo farlo un'altra volta? Solo un po' più lentamente."

"Non credo. Chiaramente questo non fa per te."

Cristina lanciò uno sguardo timido mentre la sensazione dell'orgasmo scorreva ancora attraverso il suo corpo.

"Adesso ti preparo il pranzo," disse.

"Posso farlo da solo. Puoi andare."

Lei annuì obbediente.

"Sono felice di averlo fatto."

"Anche io", rispose. "Ma non dovremmo farlo mai più. Ci vediamo lunedì."

Cristina annuì, sapendo che Paul aveva già preso una decisione ferma.

Adesso c'era un sottile imbarazzo tra loro.

Dopo aver scambiato qualche altra parola, se ne andò chiedendosi cosa Paul stesse pensando di lei.

TERZA PARTE
IL NUOVO LAVORO

CAPITOLO 12

Più tardi quella stessa notte.

Cristina si sedette al computer e cercò modi per attirare nuovi clienti.

Ha inviato almeno una dozzina di e-mail a diverse aziende per promuovere la sua attività di ristorazione.

Non mi aspettavo una grande risposta, ma valeva la pena provare e non avevo nulla da perdere.

Il telefono squillò.

È stata sua madre a chiamare per verificare di nuovo.

Fecero la solita chiacchierata e non c'era molto da dire.

"Gestire la mia attività è difficile", si lamentava Cristina.

"Ti aspettavi che fosse facile?"

"Non so cosa mi aspettavo. Non mi dispiace lavorare sodo. Adoro cucinare per gli altri. Ma, Dio, ho bisogno di più clienti."

"Secondo la mia esperienza, gli affari sono chi conosci", ha risposto sua madre. "Molti affari derivano da connessioni personali. Quindi esci e prova a incontrare nuove persone invece di cercare online."

"Ha senso, immagino."

"Immagino? Quando sbaglio?"

"Non lo so."

"Non sembrare così depressa, Cristina," disse sua madre. "Molte persone hanno difficoltà con una nuova attività. Continua a provare."

"Grazie mamma."

"Come vanno le cose con Paul? Ti paga ancora profumatamente?"

"È complicato," sospirò Cristina. "Ma sì, paga comunque bene."

"Sembra un ragazzo complicato."

"Non ne sai neanche la metà."

Ci fu una pausa al telefono.

"Ha provato qualcosa con te?" chiese sua madre con cautela.

Cristina si è affrettata a mentire.

"Assolutamente no. Naturalmente no."

"Puoi dirmi la verità. Sono qui per te."

"Mamma, non è il mio tipo. Se mai dovesse fare una mossa, lo colpirei in testa con qualunque cosa abbia cucinato quel giorno."

"Sembra lo spirito della Cristina che conosco," ridacchiò sua madre.

"Ipoteticamente parlando, e se lo facessi? Voglio dire, come ti sentiresti?"

"Se Paul facesse una mossa?"

"Sì", ha risposto Cristina. "Come vorresti sentirti?"

Ci fu un'altra pausa sulla linea.

"Immagino che dipenda da te. Se ti ha chiesto di uscire, è una tua decisione."

"Veramente?"

"Questa è una tua decisione, Cristina. Ma se provasse a toccarti il sedere in cucina, allora suggerirei di versargli un po' della tua famosa salsa piccante sulla testa."

"Certo che sì," rispose Cristina con voce sarcastica.

"Sembra che tu abbia qualcosa in mente."

"Non più. Grazie mamma, sei la migliore. Devo lasciarti."

"Addio, ti amo."

"Ti amo anch'io, mamma."

La chiamata finì e Cristina si appoggiò allo schienale della sedia.

Pensò a Paul e all'orgasmo che aveva ricevuto quel giorno.

Ricordava ancora vividamente i sentimenti.

Ogni tocco, ogni emozione.

La sensazione del legno duro contro il suo corpo.

La sensazione della mano di Paul contro la sua figa.

E, soprattutto, l'orgasmo.

Il dominio non è mai stato il suo forte, ma era una bella sensazione.

Ha cercato online e ha cercato termini diversi.

La faceva sentire di nuovo una studentessa universitaria mentre faceva le ricerche.

Ha fatto diverse ricerche sulla schiavitù e sui suoi piaceri.

Guardò diverse immagini.

Ciò la eccitò di nuovo e fece scivolare una mano nelle mutandine.

CAPITOLO 13

Lunedì mattina.

Cristina si sforzò di avere un bell'aspetto quando andò a casa di Paul.

Indossava un vestito blu e aveva i capelli ben pettinati.

Paul non prestò molta attenzione al suo aspetto mentre apriva la porta per farla entrare.

"Possiamo parlare?" chiese Cristina. "Per affari, intendo."

"Ovviamente."

"Fantastico. Aspetta."

Cristina mise il cibo in cucina e andò nell'ampio soggiorno dove si era seduto Paolo.

Si sedette di fronte a lui.

"Ho pensato molto durante il fine settimana", ha detto. "Sulla nostra relazione."

"Anch'io," disse, non lasciandole finire i suoi pensieri. "Penso che dovremmo porre fine a questa situazione. Per me è chiaro che il nostro rapporto d'affari è stato compromesso. Ho già iniziato a cercare un sostituto per le mie necessità domestiche."

Cristina si bloccò per un momento mentre la notizia si diffondeva lentamente.

"Cosa? No. Non è quello che volevo."

"Penso che sia meglio così," rispose. "Sei una giovane donna brillante. Troverai il tuo posto in questo mondo."

L'espressione stupita rimase sul suo volto. "

Questo non è quello che mi aspettavo di sentire. "Pensavo che la nostra conversazione sarebbe stata molto diversa."

"Cosa ti aspettavi?"

"Sono venuto qui per dirti che ero interessato a continuare, sai, quello che abbiamo fatto venerdì scorso."

Alzò un sopracciglio.

"Davvero? E perché lo vuoi?"

"Devo davvero dirlo?"

"Sì."

Fece un respiro profondo.

"Ovviamente mi piace lavorare qui. Mi piacciono i vantaggi. Penso che tu sia un ottimo capo, il migliore che potessi avere. E quello che abbiamo fatto la scorsa settimana, in soggiorno, mi è davvero piaciuto. Penso di aver avuto paura all'inizio , ma ho pensato molto, e non mi dispiacerebbe se continuassimo."

"Interessante."

"Quindi pensi?" lei chiese.

"Non sei così timido come pensavo. Non mi sarei mai aspettato che venissi a dirmi queste cose direttamente. Sono impressionato."

Lei sorrise: "grazie".

"Cosa dovrebbe succedere dopo?"

"Non lo so," alzò le spalle imbarazzato. "Dipende da te. Ma vorrei che i nostri rapporti d'affari continuassero."

"Sii coraggiosa, Cristina. Dimmi cosa succederà dopo. Proprio in questo momento. Voglio sapere cosa hai in mente. Sorprendimi."

Raccolse tutto il coraggio e rivolse a Paul uno sguardo determinato.

Le sue labbra si strinsero e il suo naso si strinse leggermente.

I suoi occhi erano fissi su Paul, che era stoico, aspettando che lei facesse qualcosa di audace.

Cristina si alzò e si passò le mani sul vestito.

Le sue dita avvolsero le spalline del suo vestito.

Scostò le spalline e spostò il corpo, lasciando cadere il vestito a terra.

Era in piedi di fronte a Paul con indosso reggiseno e mutandine bianchi, con il suo bellissimo vestito intorno alle caviglie.

"Cosa fai?" chiese senza emozione.

"Sto dimostrando la mia dedizione al lavoro."

"Forse mi hai frainteso. Non credo che questa sia la strada giusta per te."

"Non mi stai dicendo di smettere", rispose. "E non ti sento nemmeno lamentarti."

Gli occhi di Paul vagavano sul suo corpo poco vestito.

Aveva una corporatura media, un po' magra.

Seno piccolo e fianchi stretti.

Era chiaro che faceva esercizio raramente poiché il suo tono muscolare era debole.

"Sei piuttosto attraente", notò.

Si tolse il vestito e fece diversi passi avanti finché non si trovò direttamente di fronte a Paul.

"Ecco l'accordo", ha detto coraggiosamente. "Il nuovo accordo. Sarò il tuo fornitore esclusivo. Sarò anche il tuo modello ogni volta che lo riterrai necessario. Puoi farmi venire se vuoi. Se mi sento davvero bene, ricambierò il favore per gratuito."

Alzò un sopracciglio.

"Restituirai il favore?"

"Ti farò venire. Gratis. Non sono una prostituta. Consideralo come una gratificazione da parte di un destinatario grato."

"Sembra un rapporto d'affari insolito."

"Abbiamo già oltrepassato il limite comunque", ha detto.

"Dovrò considerarlo."

Cristina si abbassò e afferrò il polso di Paul, spostando la mano sulle sue mutandine.

Le toccò l'esterno delle mutandine e le strofinò tra le gambe.

"Pensa velocemente", ha detto. "Altrimenti ritirerò l'offerta."

Fece un sorriso tiepido.

"La nuova e audace Cristina. Mi piace."

"Anche io."

Paul premette più forte le dita contro le mutandine di Cristina.

Lei gemette al tocco caldo.

Lei gemette ancora di più quando Paul fece scivolare la mano dentro le sue mutandine, toccandole la figa nuda.

Era emozionata e non c'erano dubbi.

"Sei bagnata," notò, guardandola.

"Lo so."

"Togliti il reggiseno. Fatti vedere."

Cristina allungò la mano per sganciare il reggiseno e lo gettò sul divano.

I suoi piccoli seni vivaci furono rilasciati.

I suoi capezzoli erano rosa e piccoli.

Si indurirono rapidamente a causa dell'aria fredda e dell'evidente eccitazione sessuale.

Resistette all'impulso di coprirsi il seno con le mani perché si era sempre sentita insicura riguardo al suo petto.

Ma cercò di essere coraggiosa e spinse il petto in avanti.

"Ti piacciono?" lei chiese.

"Adoro il seno di ogni donna. Ognuno è unico e speciale a modo suo. Il tuo non fa eccezione. Sono adorabili."

"Grazie al mio Signore."

" Signore?" chiese retoricamente. "Penso che tu sappia cosa mi piace."

"E cosa ti piace?" chiese timidamente.

"Proprietà."

"OH..."

Paul usò entrambe le mani per tirare le mutandine di Cristina sul pavimento, lasciando la ragazza completamente nuda, dalla testa ai piedi.

Si alzò e prese per mano Cristina.

"Seguimi", disse. "C'è qualcosa che vorrei mostrarti."

Condusse Cristina lungo il corridoio tenendole la mano in modo romantico.

Cristina era nervosa, ma continuò al suo ritmo.

Sapeva che si stavano dirigendo verso la stanza della schiavitù.

L'idea la rendeva eccitata e nervosa.

La porta era socchiusa e Paul l'aprì.

Accese le luci ed entrarono.

L'aria era fredda, il che rendeva i capezzoli di Cristina ancora più duri.

Il suo sguardo si spostò e si chiese cosa avesse pianificato Paul.

"Hai una nuova serie di responsabilità", ha detto Paul. "Mi aspetto completa obbedienza. Mi aspetto che tu sia sempre nudo. Capito?"

"Si, capisco."

"Chiediti sul tavolo", disse. "Sulla pancia. Ti legherò. Voglio che tu venga di nuovo."

"Si signore."

Cristina guardò il tavolo con aria intimidatoria.

Era un tavolo diverso dal precedente.

Ma sembrava ugualmente scomodo e doloroso.

Il legno sembrava vecchio, e anche la struttura in metallo.

Non aveva senso lamentarsi.

Fece come le era stato detto e posò il seno nudo e la pancia sul tavolo di legno.

Era più scomodo di quanto mi aspettassi.

Il legno era freddo e le pizzicava i capezzoli sensibili.

I suoi occhi guardavano a terra.

Sentì Paul camminare per la stanza prima di avvicinarsi a lei.

"Ti legherò," disse. "Rilassa le braccia e le gambe. Questo è un processo semplice se sei calmo."

"BENE."

"Sei sicuro di volerlo?"

"Sì," rispose lei.

"Perché?"

"Perché voglio venire di nuovo."

Cristina non ha ricevuto risposta.

Sentì invece Paul legarle ciascuna caviglia alla fredda struttura metallica del tavolo.

Era scomodo e un po' spaventoso.

Ogni nodo era molto stretto.

La corda era spessa e gli faceva male alla pelle.

Lo stesso processo è stato eseguito sui loro polsi.

Ogni bambola era legata alla struttura metallica allo stesso modo.

Quando ebbe finito, le sue caviglie e i suoi polsi erano strettamente legati al tavolo.

Era a faccia in giù, con la pancia nuda e i seni premuti saldamente sulla superficie di legno.

Era una sensazione piuttosto terrificante sapere di aver dato a Paul il potere assoluto sul suo corpo.

Era chiaramente e completamente impotente.

Qualcosa le colpì il sedere nudo.

Sembrava duro, ma allo stesso tempo morbido.

Non ero sicuro di cosa fosse.

Poi sentì le dita di Paul sfiorarle il sedere.

"Ti dispiace se ti tocco così?" chiese, conoscendo la risposta.

"NO."

"Bene. Mi piace la tua pelle. Sei molto tenera..."

La mano di Paul vagò sul suo sedere, sentendo ogni curva.

Le massaggiò ciascuna delle natiche con le sue mani forti.

Poi sentì di nuovo qualcosa di duro toccargli il sedere.

Aveva una superficie liscia e curva.

"Che cos'è?" lei chiese.

"È un vibratore. Ne hai mai usato uno prima?"

"NO."

"Ti piacerebbe sentirlo?"

"Sono aperto a questo."

"Brava ragazza."

All'improvviso nella stanza si udì un ronzio che fece correre un brivido lungo la schiena di Cristina.

I suoi occhi rimasero fissi a terra mentre ascoltava il ronzio.

Il suo corpo tremò violentemente nel momento in cui il ronzio toccò la punta del suo clitoride.

È stato doloroso, nel male e nel bene.

Provò a contrastarlo, lottando contro le corde, ma fu inutile.

Il ronzio cessò.

"Vogliamo finirla?" chiesto.

"No. Per favore, no. Smetterò di muovermi."

"Dai una calmata, Cristina."

Il ronzio tornò quando il vibratore si attivò nuovamente.

Le toccò il clitoride e Cristina fece del suo meglio per restare ferma.

Lottò contro l'impulso di lottare mentre accettava la sensazione di vibrazione contro la sua zona più sensibile.

Gli fece piegare violentemente le dita.

Strinse i denti mentre chiudeva la mascella.

Strinse forte i pugni.

Farsi torturare il clitoride con un vibratore era l'ultima cosa che si aspettava.

Ronzava e ronzava.

La punta del vibratore è stata tenuta contro il suo clitoride finché non ha pensato che stesse per esplodere.

Poco prima che stesse per urlare di agonia, Paul ha spostato il vibratore e lo ha infilato nella sua figa.

Era una sensazione surreale.

Era passato molto tempo dall'ultima volta che era stata penetrata con qualcosa di più delle sue dita.

La vibrazione nella sua figa era un misto di dolore e piacere.

Paul ha abilmente spinto e tirato il sex toy.

Cristina ha fatto di tutto per non urlare.

"Ti stai divertendo con questo?" chiese scherzosamente.

Cristina sussultò.

"Io...io...uh..."

"Sì o no?"

"Sì! Dio, sì."

Paul ha spinto ulteriormente il dispositivo nella figa di Cristina, facendola sussultare ancora di più.

Era quasi senza fiato quando entrò completamente nel suo corpo.

Le sue braccia e le sue gambe tirarono le corde, ma inutilmente.

Era intrappolata con il potente vibratore nella sua vagina bagnata.

"Sei vicino?" chiesto.

Ha lottato per trovare le parole.

"Sì quasi..."

"Vieni per me, tesoro."

Il vibratore è stato spinto e tirato nella figa di Cristina senza pietà.

Ha cercato di rilassare il suo corpo, il che le ha sempre reso più facile raggiungere l'orgasmo.

Fece del suo meglio per rilassare i muscoli vaginali dallo stiramento, permettendo a Paul di fare a modo suo.

Il suo orgasmo era imminente grazie al vibratore.

Ed è stato un orgasmo diverso da qualsiasi altro avessi mai provato prima.

Essere legata e sculacciata mentre un oggetto vibrante le spingeva nella figa era una combinazione potente.

Le dita dei piedi di Cristina si arcuarono ulteriormente e i suoi pugni si strinsero più forte.

Ogni muscolo del suo corpo si contrasse.

I suoi sussulti e i suoi gemiti divennero più forti.

"Oh mio Dio... Oh mio Dio... Oh mio Dio..."

All'improvviso il dispositivo è stato portato a una velocità più elevata e le vibrazioni sono diventate molto più forti.

Cristina urlò per la potente vibrazione mentre veniva spinta e tirata nella sua figa.

Lei pianse.

Poi singhiozzò in modo incontrollabile mentre raggiungeva l'orgasmo.

Un'ondata di fluidi sgorgò dall'interno della sua figa, sporcando il tavolo e lasciando una pozzanghera sul pavimento duro.

Dal vibratore elettrico provenivano altre spinte finché i fluidi non si fermarono.

Paul rimosse il vibratore dalla figa di Cristina, che emise un forte ronzio.

Poi lo spense.

Quando finalmente l'assalto vaginale finì, la figa di Cristina era un disastro gocciolante.

La sua umidità era come un piccolo fiume orgasmico.

La sua figa luccicava dei suoi fluidi vaginali.

Il tavolo era bagnato.

E i liquidi cadevano a terra come un rubinetto che perde.

Cristina era a malapena cosciente mentre riprendeva lentamente la calma.

È stato di gran lunga il miglior orgasmo che avesse mai sperimentato in vita sua.

Sentì i passi di Paul avvicinarsi alla sua testa.

Paul si chinò e le baciò i capelli.

Si chiese perché Paul non l'avesse ancora slegata.

"Abbiamo... abbiamo... finito..." riuscì a parlare.

"Non ancora. Ricordi la tua promessa?"

"Quale di loro?" gemette.

"Hai detto che se ti avessi fatto venire, mi avresti ricambiato il favore. Allora, come ti è sembrato il tuo orgasmo?"

"Un...fottuto...incredibile," sbottò.

Paul gli sorrise.

"Brava ragazza. Adesso hai voglia di ricambiare il favore?"

"Sì, signore. Mi slega?"

"Mi piaci in questa posizione."

Cristina sentì il rumore dei pantaloni di Paul che si aprivano.

Sapeva esattamente cosa voleva Paul.

Era ancora in piedi proprio accanto al suo viso, il che significava che non era interessato a scoparla, almeno non quel giorno particolare.

Alzò lo sguardo mentre Paul si avvicinava al suo viso.

Vide il suo cazzo duro puntare direttamente alle sue labbra.

Era ovvio quello che voleva.

Con cuore lussurioso, Cristina aprì la bocca mentre Paul faceva un altro passo avanti, entrando tra le sue labbra.

Non c'era alcun processo di sentimento e nessun tempo per adattarsi.

Paul semplicemente spinse i fianchi in avanti in modo che Cristina potesse succhiare come dovrebbe fare un buon sottomesso.

"Mio Dio. Hai le labbra come un angelo," disse, impressionato da quello che sentì sul suo cazzo.

Il sesso orale non è mai stato una cosa di Cristina.

Non è mai stata molto brava in questo, e non ha mai preferito farlo.

Ma con Paul era ansiosa di compiacerlo.

Soprattutto con la potente sensazione orgasmica che ancora scorreva attraverso il suo corpo.

La sua mancanza di abilità non era un problema poiché il suo corpo era ancora legato al tavolo.

Paul ha fatto tutto il lavoro, spingendo delicatamente i fianchi avanti e indietro.

Tutto ciò di cui aveva bisogno era una bocca calda per scopare.

Tutto ciò che Cristina doveva fare era tenere le labbra strette attorno al membro duro di Paul e succhiare.

"Cazzo, sto per venire," ringhiò Paul. "E lo ingoierai."

Il suo senso del comando era entusiasmante per Cristina, per una ragione che non riusciva a capire.

Sentì le mani di Paul che le accarezzavano i capelli mentre succhiava.

Sentì il suo membro diventare ancora più rigido nella sua bocca.

Fece del suo meglio per usare la lingua sul suo membro, cosa che le era sempre stato detto far sentire bene.

Il cazzo le affondò in bocca, facendola vomitare.

Il riflesso del vomito era terribile.

Ma Paul immaginava quanto Cristina avrebbe potuto sopportare, quindi non ha mai spinto troppo.

Era il segno di un professionista, pensò tra sé.

Osservò Paul accarezzarsi fino all'orgasmo, mentre la punta della sua erezione era ancora nella sua bocca.

Teneva le labbra strettamente chiuse attorno a lui.

Paul ringhiò mentre la accarezzava furiosamente.

Pochi secondi dopo, la sua lingua era ricoperta dallo sperma di Paul.

Getto dopo getto.

Aveva un sapore diverso.

Deglutì a fatica per non traboccare dalla bocca.

Pochi secondi dopo, il flusso di sperma si fermò e Cristina lo ingoiò tutto.

"Oh mio Dio", disse Paul, tirando fuori il cazzo dalla sua bocca. "È stato meraviglioso. Dove hai imparato a succhiare in quel modo?"

Si chinò per un attimo, prima di alzarsi per allacciarsi la cerniera dei pantaloni.

Poi si chinò per slegare Cristina.

Quando fu liberata, si accarezzò i polsi e le caviglie, che avevano segni rosso scuro.

Si rese presto conto che era ancora completamente nuda e che non le importava più.

Le piaceva stare nuda davanti a Paul.

"Mi è davvero piaciuta l'intera esperienza", ha osservato con sicurezza.

Paul le toccò il collo e la baciò sulla fronte, poi ancora sulle guance.

Alla fine, le lasciò diversi baci sui capelli.

"Anch'io. La nostra partnership funzionerà molto bene. Pensa a tutte le possibilità che possiamo condividere insieme."

"Lo so."

"Sei come una farfalla, che cresce davanti ai miei occhi", ha detto.

"È tutta colpa tua," sorrise. "Ora, se vuoi scusarmi, ho preparato qualcosa di molto speciale per pranzo. Ti piacerà. Sono sicuro che ti è venuto appetito, quindi è meglio che vada a prepararlo adesso."

Cristina si alzò e si avviò nuda verso la porta.

C'era fiducia nel suo cammino.

Amava stare nuda.

È stato divertente.

Dei liquidi le colava lungo le gambe.

Aveva ancora il sapore dello sperma in bocca.

Poi si fermò quando raggiunse la porta e si voltò a guardare Paul, orgogliosa del suo corpo nudo.

Gli disse di non preoccuparsi del disordine in soggiorno, lo avrebbe ripulito più tardi.

Faceva parte dei suoi nuovi compiti.

TRADITO

57

CAPITOLO I

Becky sentì la chiave scattare nella serratura.

Corse giù per le scale, accese la luce del corridoio e aprì la porta.

Jack stava lì sotto la pioggia, con il cappuccio calato sulla testa, la chiave ferma nella sua mano mentre i suoi occhi scuri la fissavano.

"Oh mio Dio, sei arrivata," disse Becky felice.

Lei saltò in avanti e gli avvolse le braccia attorno alle spalle abbracciandolo , sentendo la pioggia che le ricopriva il cappotto filtrare nella parte superiore dei suoi vestiti attillati.

Non le importava.

Il suo uomo era lì e questo era tutto ciò che contava.

Lei liberò Jack dal suo abbraccio effusivo e gli posò le mani bagnate sul viso.

La sua espressione seria non era cambiata.

"Cosa c'è che non va?" disse.

"Dobbiamo parlare."

Becky sentì un sobbalzo allo stomaco, ma si fece da parte per lasciare entrare Jack e toglierle gli stivali bagnati.

Entrò nel soggiorno, massaggiandosi nervosamente le braccia mentre aspettava che Jack gli desse la brutta notizia, qualunque essa fosse.

Poi entrò nel soggiorno, ancora con un'espressione grave sul viso smunto.

"Dateci da bere, per favore," disse.

Becky si avvicinò al carretto dei liquori e versò due brandy .

La sua mano tremò mentre le porgeva uno dei bicchieri e bevve velocemente il suo.

Jack si avvicinò al divano con i calzini abbastanza umidi.

L'immagine che ha dato in questo modo era un po' comica.

Avrebbe riso se non fosse stato per il fatto che il momento era piuttosto teso.

Si sedette sul bordo del sedile, senza aggiustarsi, senza togliersi il cappotto mentre si preparava a dare la brutta notizia.

Bevve un lungo sorso di brandy prima di parlare.

"Lei sa tutto di noi," disse dopo aver buttato giù il liquore con un ultimo sospiro.

Becky sentì le ginocchia indebolirsi e il cuore battere forte.

Si versò un altro bicchiere di brandy.

Si avvicinò al divano di fronte a Jack e si sedette.

"COME?" Disse dopo un altro sorso di liquido caldo.

"Ho detto."

Becky si accigliò.

"Glielo hai detto? A che diavolo serve?"

"Non ne potevo più."

Becky si alzò.

"Per favore, dimmi che stai scherzando, Jack."

Scosse la testa in segno di diniego.

"Perché dovresti dire a tua moglie che la tradisci?"

Jack alzò lo sguardo da sotto le folte sopracciglia che lo facevano sembrare un cucciolo dispettoso.

"Non potevo vederla indifferente e calma mentre continuava a nascondere il nostro sporco segreto."

"Il nostro sporco segreto. Per lui è tutto?" pensò Becky.

"Bene, cosa ha detto?" disse Becky , fingendo di non aver sentito l'ultimo commento mentre camminava avanti e indietro per la stanza.

"Lei è disposta a darci un'altra possibilità. Se tutto questo finisce."

Becky si fermò e guardò il viso di Jack.

"No? Vuoi dire che tu e lei state insieme dopo averglielo detto?"

Jack annuì.

"Mi lasci così? Perché lo dice lei?"

"Lei è mia moglie."

"E io cosa ero?"

"Sai di cosa si trattava. Ti avevo detto che non avrei mai lasciato mia moglie. Tra me e te c'era sempre sesso."

«Sai di cosa si trattava. Passato. Era già tutto finito nella sua mente. Come ha potuto farmi questo?'

Anche se aveva detto che non avrebbe mai lasciato Mary, Becky pensava di poterlo convincere che lei era davvero la donna di cui aveva bisogno.

E non è così?

Sembrava di no.

Jack aveva finito il suo drink e si alzò per andarsene.

Becky gli si avvicinò.

«Tutto qui, allora?» disse, fissandolo. "Me lo lasci addosso in quel modo e te ne vai?"

Jack sospirò mentre la spingeva via e si dirigeva lungo il corridoio.

"Becky, ho dei figli", ha detto, esasperato ora.

Oh, no, non ne sarebbe uscito così facilmente.

Prima era tutto complimenti, prese in giro e messaggi erotici, con tanti baci alla fine a tenermi incantata.

È quello che fanno tutti, per ottenere ciò che vogliono.

Poi, quando ne hanno abbastanza, si mettono sulla difensiva e cercano di sbarazzarsi di te.

Adesso si vedeva il vero volto di Jack.

Per lui lei non era stata altro che un pezzo di carne, una scopata facile.

Una feccia.

Una puttana.

Era così che gli uomini l'avevano sempre trattata. Jack non sarebbe stato diverso.

" E allora? Molte persone divorziano oggigiorno. I figli superano la cosa. Hanno ancora entrambi i genitori," disse freddamente.

"Sono ragazzi, Becky," sbottò Jack. "Hanno bisogno di una famiglia. Di sicurezza. Di un papà sempre presente. Non di uno che si presenta poche volte a settimana."

Che dire di me? pensò un po' egoisticamente.

La donna che non può avere figli.

La donna che sarà sempre e perennemente sterile, incapace di dare una famiglia a un uomo.

Il fenomeno.

Quello raro.

Quello che serve solo per divertirsi, per scopare.

Chi l'amerebbe davvero?

"Verrò a casa tua", ha minacciato. "Le racconterò cosa abbiamo fatto. Come mi hai portato nel bosco con la tua macchina e mi hai scopato sul sedile posteriore. Dove i suoi figli si siedono ogni giorno mentre vanno a scuola. Come mi hai portato nello stesso ristorante dove tu le ha proposto: "Vediamo se allora cambia idea."

Jack si voltò sulla soglia, lasciando con le dita il cappuccio che stava per sollevarsi sopra la testa.

"Non lo farai".

"Guardami."

Becky vide, per la prima volta, uno sguardo negli occhi di Jack che aveva già visto in molti uomini.

Disgusto.

Qualunque cosa avessero avuto tra loro, qualunque cosa lei fosse stata per lui, era scomparsa.

Sapeva che non l'avrebbe mai riavuto indietro.

Il suo labbro superiore si arricciò mentre si tirava il cappuccio sopra la testa e si abbassava per afferrare gli stivali.

Becky sentì il calore svanire dalla sua carne, la fredda sensazione di essere lasciata indietro ritornare.

Abbandono.

L'aveva sentito troppe volte prima.

"Non puoi lasciarmi così, Jack," lo supplicò, sentendo il familiare flusso di lacrime scendere dai suoi occhi.

"È finita," sbottò, con la voce carica di rabbia.

"Non farmi questo, Jack. Per favore!"

Si annodò il laccio dello stivale e si alzò in piedi, guardandola da sotto il riparo del cappuccio.

"Non avvicinarti mai più a me o alla mia famiglia. Se lo fai, chiamerò la polizia."

Alzò la mano e lasciò cadere la chiave sul pavimento.

La chiave che lei gli aveva dato nella speranza che vedesse quella come la sua vera casa, quella in cui alla fine sarebbe venuto a vivere permanentemente.

Fu l'ultima pugnalata al suo cuore.

Aprì la porta e fece un passo veloce verso il giardino.

Becky era in piedi sul tappeto, con le guance lucide di lacrime nella luce intensa del soggiorno, e osservava la sua figura alta che camminava a grandi passi sotto la pioggia.

Lontano da lei.

Ritorno alla sua famiglia.

Fuori dalla sua vita per sempre.

CAPITOLO II

Becky guardò nel bicchiere e si sentì girare la testa.

Il whisky gli lasciò sulla lingua un sapore acido e amaro.

Con le dita tremanti sul vetro, lo prese e lo scagliò contro la parete del camino.

Si è scontrato con lo specchio, provocando l'esplosione di schegge di vetro che si sono riversate sul pavimento e sullo spesso tappeto.

Saltò giù dal divano e si diresse verso il telefono.

Le lacrime le salirono agli occhi mentre afferrava il ricevitore, ma si disse che non avrebbe più pianto.

Si morse il labbro, componendo con determinazione il numero.

Dopo qualche istante, rispose una voce maschile burbera.

"Ciao?"

"Harry, sono Becky," disse, soffocando l'ubriachezza con uno sbuffo.

"Becky? Gesù, perché chiami proprio adesso? Sono le due del mattino."

"Mi dispiace. È solo che... ho bisogno di stare con qualcuno."

"Cosa? Proprio adesso?"

"Sì."

Sentì un fruscio all'altro capo della linea, il crepitio della gola secca di sigaretta di Harry mentre si muoveva intorno al letto.

"Mi stai davvero svegliando per fare sesso a metà mattinata?"

Becky sentì un nodo allo stomaco alle sue parole.

E se non avesse davvero bisogno di qualcuno per soddisfarsi?

Tuttavia, a Harry questo non importava.

Era semplicemente un tipico uomo con una sola cosa in mente.

Ha fermato la tentazione di esplodere.

"Perché no? È il momento migliore," disse un po' agitata.

"Devo alzarmi alle sei."

"E allora? Dormirai domani notte. E almeno andrai a lavorare soddisfatto invece di sbadigliare."

"Sono devastato in questo momento. L'unico modo per non andare al lavoro sbadigliando è dormire qualche ora in più e non fare esercizio."

Becky si pizzicò le labbra per la frustrazione e afferrò le sigarette che erano appoggiate accanto al telefono.

Ne accese uno e fece un lungo e profondo tiro, poi si strofinò la tempia con il pollice mentre soffiava fuori il fumo denso.

"Farò quello che vuoi," disse, e la nicotina le diede abbastanza forza per provare a sedurlo.

"Il cosa?" disse Harry.

"Ti infilerò la lingua nel culo. Ti mangerò come un uomo mangia una donna."

Ci fu una pausa e poté sentire Harry pensare dall'altra parte.

Non molte donne erano disposte a leccare il culo di un uomo e Harry aveva un ano particolarmente sensibile, la sua lingua aveva la capacità di far flettere e urlare tutto il suo corpo allo stesso tempo.

Tuttavia, sembrava che fosse davvero stanco stasera. Neppure questo bastò a tentarlo.

"Oh, Becky. Non potevi chiamarmi in un momento migliore?"

"Mi metterò lo strap-on. Ti farò una lunga, dura scopata. È questo quello che vuoi, Harry? A. Lunga. Dura. Scopata."

Harry sembrava nervoso e agitato quando rispose.

Becky sapeva che il suo cazzo era diventato duro come la roccia sotto le lenzuola per la sua rabbia esplicita e disgustosa.

Ma qualunque cosa cercassi di tentarlo, non sembrava che si sarebbe mosso.

"Scusa, Becky. Devo passare. Com'è andato venerdì sera?"

Becky vide il posacenere sul tavolino e spense la sigaretta.

"Sei proprio come tutti gli uomini, vero? Pensi che correrò quando lo dici. Beh, sai una cosa, Harry? Puoi andare a farti fottere. Quella era la tua ultima possibilità e l'hai sprecata."

"Cosa... Becky?"

"Ciao, Harry. Dormi profondamente se puoi. Dannazione!"

Sbatté il telefono sul ricevitore.

Becky si sedette sul letto per un momento, con il cuore che batteva forte, il sangue che ribolliva, un milione di pensieri diversi che gareggiavano per la precedenza nella sua testa.

Come hanno potuto fargli questo?

E di nuovo.

E perché continuava a lasciarglielo fare?

sempre nella stessa vecchia trappola .

Sapeva cosa avrebbero detto gli psichiatri.

Non ti apprezzi abbastanza.

Come può aspettarsi di ricevere rispetto quando non rispetta nemmeno se stessa?

Beh, è facile per loro dirlo.

Vogliono sapere cosa vuol dire sentirsi una troia che lascia che gli uomini usino il suo corpo come uno straccio sporco.

Una madre che si sarebbe scopata i suoi fidanzati e avrebbe lasciato la figlia sola a casa, al freddo e affamata, senza nessuno che la amasse.

Una donna che per anni l'ha convinta che suo padre non l'amava.

Che li aveva abbandonati a causa sua.

Quando la verità era che se n'era andato intimidito dalla sottomissione a cui era stato sottoposto da lei e troppo terrorizzato per tornare nel suo regno di terrore.

Becky seppellì il viso tra le mani e lasciò che le lacrime le inondassero i palmi.

Mi hai lasciato, papà.

Come hai potuto lasciarmi con quella stronza psicopatica?

Si mise a sedere e si costrinse a trattenere le lacrime.

La tristezza si è trasformata in rabbia come se fosse premuto un interruttore.

Suo padre era un fottuto codardo.

Come tutti gli uomini.

Camminavano controllati dalle palle che dondolavano tra le loro gambe, ma non avevano il coraggio di usarle.

Solo una donna poteva farlo.

Il dolore era troppo.

Becky aveva bisogno di sesso.

Era l'unica cosa che l'avrebbe calmata.

Il sesso avrebbe calmato il dolore che sentiva dentro.

Dolore per non essere amata e rifiutata, che la faceva sentire una puttana sporca e usa e getta.

Per qualche breve istante, un bacio appassionato, un impulso lussurioso che l'avrebbe portata all'orgasmo e si sarebbe sentita guarita.

Di nuovo tutto bene.

Amato.

L'unico problema era che era diventata una dipendenza.

E una volta che tutto fosse finito, dopo che gli uomini se ne fossero andati e fossero tornati dalle loro mogli o dalla donna successiva disposta ad allargare le gambe, quel luogo oscuro sarebbe tornato.

Fino alla prossima soluzione.

Becky non ne poteva più.

Era abbastanza.

Questa volta qualcuno avrebbe pagato.

CAPITOLO III

La vendetta è dolce.

O almeno così dicono.

Becky rifletteva su questo mentre si spazzolava i lunghi capelli neri nello specchio cosmetico.

Era nuda a parte un paio di mutandine nere ornate da un piccolo fiocco rosso.

I suoi seni di quarantatré anni erano sodi come quelli di una donna di dieci anni più giovane di lei.

Era uno degli aspetti positivi di non poter avere figli.

Ha mantenuto la sua figura e il suo splendido fascino per molto tempo.

Mentre le setole della spazzola le scivolavano tra i capelli, provò una calma che non provava da anni.

Qualcosa si stava finalmente generando dentro di lei.

Non sarà più una vittima.

Stava lottando.

Sarebbe diventata una guerriera.

S ha scelto un bastoncino di rossetto rosso scuro dal suo trucco e lo ha applicato con cura sulle labbra, aggiungendo un po' di pienezza dando un millimetro in più attorno al bordo.

Il colore si abbinava ai suoi capelli scuri e alla pelle olivastra, dandole un aspetto leggermente mediterraneo che non avrebbe potuto essere più lontano dalla sua eredità britannica.

Doveva ammettere che sembrava bello.

Potrebbe avere un po' di voce roca a causa di tutto il fumo e di un'infanzia schifosa, per non parlare del bere, ma sapeva come presentarsi per fare sesso.

Aveva imparato quell'abilità da sua madre e, quando si era resa conto di quanto fossero dure le ragazze del nord, aveva anche imparato a usarla a suo vantaggio.

Le ragazze sexy avevano potere.

Potevano controllare gli uomini con i loro corpi, il loro profumo e uno sguardo provocatorio.

Quando Becky ci pensò, capì che era ciò che le aveva permesso di sopravvivere per così tanti anni.

Si alzò e si avvicinò allo specchio a figura intera.

Inclinando la testa di lato, le afferrò i seni.

Metteva il broncio con le labbra appena dipinte.

Sì, aveva un bell'aspetto per mangiare qualcosa di appetitoso.

E mangiare anche te, pensò con una risata sensuale.

Sul letto c'era un vestito rosso.

Corto.

Molto provocatorio.

Scollatura bassa per mostrare le tette.

Ci fece scivolare dentro i piedi nudi e se lo tirò su lungo il corpo.

Guardandosi allo specchio, si voltò e lo abbottonò.

Ammirava il tessuto setoso, stropicciato sui fianchi, che accentuava la sua tipica forma a clessidra.

Accanto alla porta c'era una fila di scarpe col tacco alto.

Becky si avvicinò e infilò ai piedi un paio rosso.

Il colore stasera era scarlatto.

Rosso per sangue e omicidio.

CAPITOLO IV

Il tassista si è fermato fuori dal locale.

Becky notò che c'erano due buttafuori vicino alle porte.

Pagò il tassista e uscì sotto il lampione, l'aria morbida le sfiorava le spalle nude mentre la musica del club rimbombava sotto i suoi piedi.

Chiuse la porta del taxi e si avviò verso l'ingresso, mettendosi in spalla la tracolla della sua piccola borsa rossa.

Meeting Place era un moderno club per gentiluomini apparso in città un paio di anni fa.

Uomini di tutte le età arrivavano lì nei loro abiti più alla moda, immersi in bottiglie di dopobarba, cercando di attirare le ragazze del nord che accorrevano al loro profumo come cagne in calore.

Becky non ha fatto eccezione.

Ma stasera aveva in mente un uomo in particolare.

Il posto era un alveare di attività, occupato per una notte infrasettimanale.

Un cantante si stava esibendo sul palco da un lato della stanza e il bar dall'altro era pieno di ragazzi più grandi curvi su bicchieri di birra.

Uomini e donne sedevano in una vasta area piena di tavoli al centro della stanza, chiacchierando e guardando verso il palco.

Becky si diresse al bar e chiamò un bel giovane barista con un taglio di capelli da vedova.

"Ricky è qui stasera?" chiese.

Il cameriere annuì. "Indietro."

Becky gli sorrise e si allontanò dal bancone, notando che gli occhi degli uomini più anziani si erano spostati dai loro drink a lei.

Si assicurò che avessero una buona visuale del suo didietro mentre scompariva lungo un corridoio che conduceva agli uffici sul retro.

Ricky Morris era il proprietario di cinque locali notturni nell'area del Maine.

Aveva fatto soldi con alcuni affari loschi negli anni Novanta e aveva aperto una catena di club per gentiluomini che aveva avuto un successo immediato tra i vivaci ragazzi del Nord.

Era anche noto per lavorare con spogliarelliste e prostitute, fornendo loro clienti e tagliando i loro profitti.

Becky lo ha incontrato due anni fa al lancio di *Lugar de Encuentro* .

Di tutte le donne attraenti e le belle ragazze presenti quella notte, lei era quella a cui si era avvicinato.

Forse riconosceva in lei qualcosa di sé, un tratto maschile che faceva appello alla sua natura ambiziosa e imprenditoriale.

Una donna che non si sarebbe inchinata o adulata per i suoi soldi e il suo bell'aspetto.

Una donna che avrebbe giocato duro per ottenere ciò che voleva.

Becky bussò alla sua porta, ma non aspettò una risposta.

Quando entrò nella stanza, vide un lampo di carne e annusò l'inconfondibile aroma del sesso.

Sulla scrivania giaceva una donna sui venticinque anni, con il seno nudo esposto attraverso un vestito ancora avvolto intorno alla vita.

Ricky la stava scopando da una posizione in piedi, pantaloni neri attorno alle caviglie, sudore che luccicava sulla testa rasata.

All'interruzione girò la testa.

"Fanculo." Si staccò dalla donna e Becky vide il suo grosso cazzo, gonfio di eccitazione, scivoloso per il succo della donna.

Quando vide chi era entrato nella stanza, sospirò, si chinò e si tirò su i pantaloni.

La donna seduta al tavolo si coprì il seno, cercando di nascondere il suo imbarazzo con una risata sensuale.

Piccola troia, pensò Becky, entrando spudoratamente nell'ufficio.

Ricky si stava allacciando la cintura di cuoio intorno alla vita quando scosse la testa affinché la ragazza se ne andasse.

Coprendosi ancora il seno, scivolò con modestia dal tavolo, afferrò le scarpe col tacco alto e uscì in punta di piedi dalla stanza.

Ricky girò intorno alla scrivania, guardando Becky con la coda dell'occhio, la faccia rossa.

Prese un fazzoletto dal taschino della camicia, si asciugò la fronte e frugò in un cassetto per prendere un portasigarette d'argento.

"A cosa devo il piacere?" disse aprendo la scatola ed estraendo una sigaretta colorata.

Ne offrì uno a Becky.

Lei lo guardò mentre si avvicinava alla scrivania e prendeva una sigaretta.

Era scarlatto.

" Controllate ancora la qualità della merce?" disse, mettendosi la sigaretta rossa tra le labbra.

Ricky strinse i suoi penetranti occhi azzurri mentre accendeva la sigaretta e poi sollevava l'accendino per accendere quella di Becky.

"Che senso ha interrompermi, venendo qui senza preavviso?"

Becky aspirò un po' della sigaretta accesa.

Espulse il fumo che scendeva verso il soffitto in un filo sottile.

"Vedo che sei stato occupato ultimamente."

Lei guardò il tavolo con un sorriso.

Sulla superficie del vetro erano ancora presenti le impronte del sudore dove prima c'erano le natiche della donna.

Ricky si sedette pesantemente.

Becky poteva quasi sentire il suo cuore battere forte, il sangue che ancora pompava intorno al suo corpo a causa della sessione sessuale interrotta.

La studiò con curiosità.

"Hai finito?"

Becky scosse la testa.

"E allora? Noto qualcosa di diverso in te."

Becky si tirò indietro i capelli e guardò il grande acquario che brillava dietro la testa di Ricky.

Un grosso pesce in uno stagno molto piccolo, pensò ironicamente.

Potrebbe avere denaro e potere sulle donne, ma seduto lì sulla sua sedia senza avere idea di cosa stesse per accadere, era debole e patetico come qualsiasi altro uomo.

"Suppongo che sia il tempo del mese," disse seccamente.

Si tolse la borsa dalla spalla e la posò con cura sulla superficie di vetro del tavolo.

Ricky osservava i suoi movimenti con interesse.

Camminò attorno alla scrivania e appoggiò le natiche sul bordo duro.

Ricky girò la sedia, si appoggiò allo schienale e la studiò.

"Sei dell'umore giusto," disse con cautela.

"Quando non lo sono?", rispose.

Ricky sorrise.

Gli piaceva questo di lei.

Quell'appetito audace e volontario per il sesso.

Soprattutto da una donna.

Lo ha fatto venire duro in pochi secondi. Becky aspettava di vedere il suo cazzo svegliarsi di nuovo mentre muoveva il corpo per mostrare il suo seno.

"Sei una puttana," disse Ricky. "Niente ti ferma, vero? Nemmeno i secondi sciatti su una piccola troia."

"Lei era solo l'antipasto. Io sono la portata principale. Il vero sesso."

Becky si sollevò il vestito sulla coscia e fece scivolare le dita tra le gambe.

Si era tolta le mutandine prima di uscire di casa, così lui aveva facile accesso alle labbra nude tra le sue gambe.

Guardò Ricky e fece un'altra boccata di sigaretta.

Il rigonfiamento che continuava a crescere nei suoi pantaloni le diceva che aveva intenzione di entrarle dentro in pochi secondi.

La sua figa si inumidì al pensiero, intensificata dalla consapevolezza che questa volta la soddisfazione sarebbe stata più dolce di qualunque altra.

Appoggiò le mani sulla superficie del vetro, lasciando le impronte appiccicose della sua figa muschiata, e si manovrò finché non si trovò direttamente di fronte a Ricky.

Appoggiò entrambi i talloni sui braccioli della sedia, allargando le gambe per dargli la visione completa di ciò che c'era tra le sue gambe.

L'eccitazione balenò negli occhi di Ricky mentre guardava in basso e vedeva le caramelle nascoste sotto il vestitino rosso.

"Cosa dovrei fare con quello?" Disse sardonico, alzando il sopracciglio.

Con i gomiti sul tavolo, Becky riuscì comunque a fumare rispondendo con un sorriso sensuale.

Muto.

Ricky spense la sua sigaretta, schiacciandola spudoratamente sul vetro.

Respirò attraverso le narici, forse per avere un assaggio profumato di ciò che sarebbe successo, inzuppando le sue lunghe dita davanti alle sue belle labbra.

"Ti mangerò finché la tua figa non mi gocciolerà in bocca."

Becky sentì la vulva formicolare mentre contraeva i muscoli.

Aveva sempre amato un ragazzo a cui piaceva mangiare la fica.

Ricky era felice di saturarsi la faccia nel suo succo, facendo cose con la lingua che lo avrebbero mandato da qualche altra parte.

Sarebbe stato il modo più umano di procedere, pensò.

Una paura euforica.

Le sue grandi mani le toccarono le ginocchia e le allargò ancora di più le gambe.

Becky lo guardò con cupa fascinazione, valutando l'eccitazione nei suoi occhi d'acciaio.

Si leccò le labbra scherzosamente.

Becky sorrise consapevolmente.

Poi, prima che potesse fare qualsiasi altra cosa, la sua testa fu tra le sue gambe e la sua lingua calda e bagnata si fece strada dentro di lei.

La testa di Becky ricadde all'indietro mentre ansimava di piacere.

"Oh, cazzo."

Ricky mosse la testa voracemente, leccandole la carne appiccicosa.

Mangia, assapora, respira il suo odore muschiato.

"Delizioso," Becky lo sentì dire con il suo profondo accento del Vermont.

Non avrebbe mai potuto assaggiare qualcosa di così delizioso come la sua dolce vendetta, pensò.

Ricky si aprì la cerniera dei pantaloni e tirò fuori il cazzo, masturbandola con colpi rapidi e duri del polso.

Becky si chiese brevemente se preferisse la sua figa a quella che aveva scopato pochi minuti prima.

Poi ha deciso che non le importava più.

Tutti gli uomini erano uguali.

Stronzi che abusano delle puttane e succhiano le fighe. Anche se avessero la capacità di mandarti in posti che non sapevi esistessero.

La lingua di Ricky era divina!

Becky abbassò lo sguardo e vide il cuoio capelluto lucido e rotondo alzarsi e abbassarsi.

Questo era il suo momento.

Prendendo fiato, si fermò per un momento, poi unì le cosce con un movimento rapido, bloccando il collo di Ricky tra le sue gambe.

Ha soffocato e ha cercato di allontanarsi, ma senza successo.

Becky frugò nella borsa rossa e tirò fuori un coltello.

Afferrò l'elsa con entrambe le mani e la sollevò sopra la testa di Ricky.

Continuò a balbettare, afferrandole le cosce per aprirle.

Ma non poteva farlo.

Non poteva lasciare che il coltello le cadesse in testa.

Adesso che era arrivato il momento, non sembrava più una fantasia.

Sembrava un incubo.

Non era un'assassina.

Non poteva diventare qualcosa che non era.

L'avevano uccisa dentro e lei li disprezzava per questo, ma uccidere a sangue freddo l'aveva trasformata in qualcos'altro.

La rendeva meno di loro.

Becky allentò la pressione delle sue cosce sulla testa di Ricky.

Emerse dalla trappola, ansimando e massaggiandosi il collo.

"Fottuta stronza pazza", urlò. "A cosa stai giocando?"

Becky aveva già nascosto la pistola nella borsa prima che Ricky sputasse fuori la sua rabbia.

"Pensavo che ti sarebbe piaciuto provare qualcosa di un po' duro," ansimò, facendo del suo meglio per nascondere la paura nella sua voce.

Ricky allargò le gambe e si alzò.

"Non riuscivo a respirare!"

Becky giocherellava con il suo vestito e si alzava dal tavolo di vetro.

Mentre si alzava, notò lo sguardo dubbioso negli occhi di Ricky.

"Oh, andiamo," disse. "È stato divertente."

Riuscì a mantenere un sorriso mentre il cuore gli batteva freneticamente nel petto.

Ricky non disse nulla, cercando nei suoi occhi qualche tipo di inganno.

Sarebbe l'unico ad avere le mani sporche di sangue se avesse saputo che lei aveva pianificato di ucciderlo.

Becky si avvicinò a lui e si avvicinò al suo viso.

Gli baciò la guancia arrossata, lasciando il suo labbro scarlatto impresso sulla sua pelle.

"Ne ho abbastanza per oggi. Me ne andrò meglio", ha detto.

Prese la borsa dal tavolo e si avvicinò alla porta.

Poteva sentire gli occhi di Ricky su di lei.

Penetrante.

Accusatore.

"Aspetta," disse.

Becky si fermò.

Il suo cuore si gelò.

Si voltò lentamente.

La sagoma scura di Ricky era delineata dal chiarore luminoso dell'acqua dell'acquario mentre aspettava che lei parlasse.

"Vorrai i tuoi soldi", ha detto.

Becky si accigliò.

"Quali soldi?"

"Pago sempre le mie ragazze preferite."

Becky studiò i suoi occhi.

Cosa stava facendo?

"Non l'hai mai fatto prima."

"Era ora che lo facessi."

Afferrò un libretto degli assegni dalla scrivania.

Tirò fuori una penna dal taschino della camicia e ci scarabocchiò sopra qualcosa.

Quando lo portò a Becky, sentì che le pizzicava il collo.

Ricky gli ha dato l'assegno.

Becky lo prese e guardò l'importo.

Quarantamila dollari.

Lei impallidì e guardò Ricky incredula.

"Per i servizi dovuti", ha detto.

Becky guardò nuovamente quella figura forte.

Quarantamila dollari.

Avrebbe pagato il mutuo.

Potrebbe comprarsi una macchina nuova.

Mettiti a galla.

Comprare nuovi vestiti.

Scarpe firmate.

Ricky non sorrideva mentre la guardava studiare l'assegno.

Lo sguardo che le rivolse era preoccupato.

Becky guardò nervosamente i suoi occhi blu acciaio.

Sapeva che aveva tentato di ucciderlo.

Lo stava pagando lui.

Prendi i soldi, lasciami in pace, non venire.

Non voleva deluderlo.

Riuscì a sorridere e poi si voltò per lasciare la stanza, con la mano tremante che stringeva ancora la sua nuova fortuna.

MEGLIO UNA COSA A TRE

Noi tre ci siamo rannicchiati sul divano a guardare un film scadente della HBO.

Ero nel mezzo, appoggiato al mio ragazzo, Peter, e al suo migliore amico, Ricky, che era appoggiato all'altro lato del divano.

Peter ha girato la testa verso di noi e ha commentato che non gli sarebbe dispiaciuto fare quella cosa di cui avevamo parlato prima.

Fissavo la televisione e osservavo una donna che faceva a modo suo con due uomini.

Ricky si spostò leggermente sul divano.

"Sì, sembra che potrebbe essere divertente." dissi guardando lo schermo e ridacchiai.

La cosa successiva che ho capito è che Peter ha iniziato a passarmi le mani lungo i fianchi e ha raggiunto il fondo della mia maglietta, strattonandola.

Ricky si avvicinò un po' di più e cominciò a massaggiarmi la gamba mentre mi guardava negli occhi.

Avevo la sensazione che tutto il mio corpo saltasse senza muoversi.

Peter mi fece sedere e mi tolse la maglietta, i miei seni appoggiati nel reggiseno di pizzo nero, i capezzoli duri che premevano contro il tessuto.

Poi ha premuto il suo corpo contro il mio, avvolgendo le sue braccia intorno alla mia schiena e con un semplice movimento del polso i miei seni si sono liberati.

Peter ha iniziato a succhiarmi le tette mentre Ricky ha fatto scivolare le mani sul bottone dei miei pantaloncini.

Mi sono sentito bagnato mentre Ricky mi sbottonava i pantaloncini, tirandoli giù sui fianchi e sulle gambe.

Con sua sorpresa, non indossava mutandine.

Ricky si leccò le labbra e avvicinò il viso alla mia figa bagnata.

Sussultai quando sentii la sua lingua penetrare nelle mie labbra e accarezzarmi il clitoride, facendo sì che Peter mi succhiasse più forte i capezzoli.

Gli ho fatto scivolare le mani sui pantaloni e ho iniziato a lavorare per toglierli.

Allargo ancora di più le gambe per dare a Ricky un accesso più facile.

Il mio cuore cominciò a battere forte mentre quello che stava succedendo cominciava a stabilirsi nella mia testa.

Mentre Ricky leccava avidamente la mia figa fradicia, si tolse i pantaloni e con riluttanza si ritirò per infilarsi la maglietta sopra la testa.

Ricky allora iniziò a tirarmi i fianchi, trascinandomi il sedere verso il bordo del divano, si alzò e vidi il suo cazzo duro e pulsante proprio prima che me lo premesse contro le labbra, massaggiando la lunghezza del mio clitoride gonfio.

Quando Peter si alzò, si tolse la maglietta e la gettò di lato.

Poi si è arrampicato sul divano, con il cazzo a pochi centimetri dalla mia faccia, mettendo una delle sue gambe sopra le mie.

Gemetti mentre Ricky spingeva il suo cazzo nella mia figa, riempiendomi completamente.

Istintivamente strinsi la presa attorno al suo membro.

Ho tirato fuori la lingua e l'ho accarezzata sulla punta del grosso cazzo di Peter, inclinando la testa in avanti e avvolgendo le labbra attorno alla testa gonfia.

Peter si appoggiò con una mano al muro e fece scivolare le dita dell'altra tra i miei capelli, guidandomi dolcemente la testa mentre succhiavo il suo cazzo.

Ricky fece scorrere le mani su e giù lungo i miei fianchi e mi afferrò i fianchi, tenendomi ferma mentre mi scopava.

I miei gemiti si perdevano nei suoi.

Cominciai a dondolare i fianchi contro Ricky che affondava il suo cazzo palpitante più in profondità nella mia figa stretta e bagnata.

Cominciai a tracciare l'interno della coscia di Peter, portai la mia mano sulle sue palle piene di sperma e cominciai a massaggiarle delicatamente, lasciandole rotolare nella mia piccola mano.

Gemetti di nuovo, la mia bocca completamente piena del cazzo di Peter.

Potevo sentire la punta del suo cazzo toccarmi la parte posteriore della gola, assaporando il precum sulla mia lingua.

Peter si appoggiò allo schienale, il suo cazzo ancora pulsava per la mia forte suzione, e si alzò dal divano, prendendomi la mano nella sua.

Mi sono seduto e Ricky ha tirato fuori il suo cazzo dalla mia figa eccitata.

Peter mi portò in camera da letto, si sedette sul letto, mi afferrò i fianchi sottili e mi fece girare.

Ricky stava di fronte a me, accarezzando il suo cazzo duro mentre Peter mi allargava le chiappe.

Ricky poi mi ha afferrato per i fianchi e mi ha aiutato a bilanciarmi mentre aiutava a posizionare il cazzo di Peter davanti al mio buchetto stretto.

Le mie ginocchia premevano contro il mio seno mentre sentivo il cazzo bagnato di Peter premere contro il mio culo stretto.

Gemetti mentre il suo cazzo penetrava lentamente nel mio culo.

Ricky mi ha spinto indietro la parte superiore del corpo e ha fatto scivolare di nuovo il suo cazzo nella mia figa.

Appoggiandomi all'indietro, con le braccia che mi sostenevano, il culo e la figa pieni di cazzo, gemevo forte e mi mordevo il labbro inferiore.

Il dolore e il piacere derivanti dalla doppia penetrazione erano quasi troppi da gestire.

Peter ha fatto scivolare il suo cazzo da otto pollici in profondità nel mio culo, riempiendolo completamente e poi ha iniziato a muovere i fianchi.

Le sue mani intorno al mio petto mi massaggiano il seno.

Ricky ha pompato furiosamente nella mia figa calda e bagnata.

Il suo respiro divenne affannoso e le sue mani sui miei fianchi mi tenevano ferma.

Mi sono stretto forte ad entrambi i loro cazzi, sentendo che il mio climax cominciava a crescere.

Il cazzo di Peter si gonfiò nel mio culo mentre lo stringevo e cominciò a scoparmi più velocemente, gemendo mentre lo faceva.

Ricky chiuse gli occhi e cominciò a sentire quel calore familiare sul suo cazzo mentre lo pompava con decisione nella mia figa.

Gemevo quasi ad ogni respiro, volevo sentirli esplodere dentro di me.

Ho stretto più forte.

Il corpo di Peter cominciò a tremare sotto di me mentre il suo cazzo esplodeva riempiendomi il culo con il suo sperma denso.

I suoi gemiti si mescolavano a quelli di Ricky e ai miei.

Avvolse strettamente le sue braccia attorno al mio petto mentre il suo climax raggiungeva l'apice, pompando il suo cazzo a scatti dentro e fuori dal mio culo stretto.

Quando Peter mi venne nel culo sentii che il mio climax cominciava a rendere il mio corpo teso e la mia figa a contrarsi attorno al cazzo pieno di sperma di Ricky.

Ho cominciato a muovere i fianchi al ritmo dei movimenti di Ricky, con la voglia di sborrargli attorno al cazzo.

Ho gettato la testa all'indietro e ho gemito così forte che ho quasi urlato mentre raggiungevo l'orgasmo , con un cazzo in ogni buco.

Ricky non ha potuto più trattenersi, si è scatenato e mi ha riempito la figa con schizzi del suo sperma.

Tremavamo entrambi, i nostri colpi diventavano più lenti e i nostri gemiti si addolcivano, i nostri climax si attenuavano.

Ricky si sporse in avanti, mi baciò dolcemente e sorrise mentre tirava fuori il suo cazzo dalla mia figa e mi aiutava ad alzarmi dal letto.

Peter si alzò velocemente, si mise dietro di me, mi avvolse le braccia intorno alla vita e mi baciò sulla guancia.

Disse tra le risate:

"Sì, è stato divertente, anzi..."

FINE

83

www.ingramcontent.com/pod-product-compliance
Lightning Source LLC
Chambersburg PA
CBHW051251160726
47994CB00003B/1116